CUON韓国文学の名作

002

呉圭原詩選集

私の頭の中まで入ってきた泥棒

呉圭原

吉川凪 訳

This book is published with the support of
Literature Translation Institute of Korea (LTI Korea).

＊本書の底本は『呉圭原詩全集』（全二巻、文学と知性社。一巻は2007年刊行の二刷、二巻は2017年の改訂増補版）である。

＊解説と年譜作成にあたってイ・ウォン氏から提供された資料を主に参照した。同氏に深い感謝を捧げる。

目次

『王子ではない一人の子供に』(一九七八)

『頭頭《ずず》』（二〇〇八）

呉圭原詩選集

私の頭の中まで入ってきた泥棒

『明らかな事件』（一九七一）より

明らかな事件

眼鏡の外にずんずん根を伸ばした
木々が
西の山で
片足を踏み外して転んだ夕焼けの中
あわてふためいている
背の高いケヤマハンノキの両耳が
燃えている

時間の鈍重な門を
大騒ぎしながら開けて入った
夜が
おぼろげな闇とぶつかり
柱を抱いて
黄色くなった小麦畑を踏んできた
その夜の履物の下で
香しい大麦の香りが
うろたえたように
顔を突き出している

路地で

昨年と一昨年の死が
互いに別の表情で
出会い
その年に死んだ人の
咳払い一つが
唐突に
通行人の襟首を殴ってゆく

現況B

1

あなたにそっぽを向かれた現実の
裏庭の片隅で
神の左足の
かかとが摘発される
紛失した眠りが
数輪のリラの花が

摘発され
屋根の下の垂木では
古い蝶番が摘発される

あなたの机の引き出しには
郵便料金に申し訳なさそうな顔をしながら
封筒が座っている
天使が食べ残した
追憶のパンのかけら
その横に
午前二時の
陰気な明かり
おお　聞かないでおくれ

それが何なのだと

2

時間の肉体が壊れてゆく
野鼠たちがかじった庭が
少しずつ間を置き
紛争を提起する木々が
暗闇に穴を穿っている

神経の左側と
右側から
右側と左側から

捨てられた私の深い井戸の底に
下りてゆくからっぽの
釣瓶の音が響き
大きな足跡をつける悪夢が
背骨を伝ってくる

3

おお　聞かないでおくれ
それが何なのだと
水銀柱の中を　蒼白になった
未来が這い上がり
風が椅子の下で

倒れた時間の骨片を
選び出している
白紙が
乾いた感情の底をなめ
単語の困窮した表情を
窓の外の風景がにらみ

内臓に横たわった
不吉な幻覚を搬出する静脈の
足音が
敷居を踏み
内部をきれいに拭いたガラス窓を通過している

花が笑う家

木の枝を伝い
隣家に逃げてしまった
時間の靴が
足を離れて
居住する庭を

離婚承諾書を前に
肩を並べた

二輪の花が
笑いながら見ていた
ツルハシの長い木の柄が取れて
馬鹿みたいに
腰をかがめ
堀の外をのぞいては
また元の場所に収まる
その家では

家の逃走を助けるために眠っている
周囲に
乱暴な壁の意地が
大きな釘をゴンゴンと打ち込み

後ろに退いて
見守っていた

野原

関節炎を患った
柿の老木の枝を
腹黒い
風が三つ四つ吹いている

ところどころに横たわり
ひなたぼっこをしている墓から
金《キ》海《メ》金《キム》氏《シ》の族譜と

創世記第一章第二節が
歩み出て

埃に埋もれた
足跡が
毎日草原で繰り広げられる
神の陰謀に参加しようと
よろよろと
進んでいる

道の終わる所に
山が
膝まずいて座っている

おお　時間は弧樹のごとく佇み
通り過ぎる人の
帽子を
順に脱がせる

『巡礼』（一九七三）より

雨が降っても濡れた者は——巡礼1

川辺で
君と僕は雨を止めることができず
代わりに軒下で雨宿りをした
その後もそこにいたくて
またじっとしていた

雨が降る　雨が降っても
川は濡れない　今日も

僕を濡らし　僕の中から
君の中に　濡れずに移ってゆく
時間は　僕たちが去ってしまえば
雨の中　ひとり平野を行くのだろう

ひとりで行くのだろう　川の水は流れ
この夏を扇いで丘の上に吹き飛ばす
飛んでいく途中　丘の木に引っかかった
夏の服の裾もしばらく留まる

魚たちは川を遡り
空に届く地点でいったん立ち止まる
木　愛　動物　そんな名前の中で

ちょっと休み
自らその名前になって川を離れる
雨が降る　雨が降っても
濡れた者は再び濡れはしない

寄る辺ない死は——巡礼3

誰も死を手助けすることはできない
寄る辺ない死は横たわる
しかしぎゅっと握った
死の手は開かない
捕まった人たちはその手から逃れられない

雨が降る　鏡の中に
雲が行く　その鏡の中に

雨が降る
雨を飲んで生い茂る雑草の中に
動け　死よ
あなたは草の葉一つ揺らせない

海には届かないけれど――巡礼8

ほら　海は墓地のように腹を膨らませ
海辺のハマナスの花は海鳥のように散る

君よ　海においで
誰も海には届かないけれど
裸の人には会えるはず

そして私達は——巡礼10

生ける屍の秘密は屍だけが知っている
私達が屍を恐れるのは
私達が屍の秘密だからだ

私達はみな屍の口を塞ぎ
耳を塞ぎ　鼻を塞ぐ
二度と起き上がれないよう
棺に入れて蓋をする

それでも安心できなくて土に埋め
土饅頭を築く

屍は手足を縛られて起き上がれないし
口に泥が詰まって
祭祀に供えられたおいしいご飯も食べようがない

笑うでない　私達はようやく
屍が何もできないことを知り
安心して祭祀の卓に近づき
腹いっぱい飲んだり食べたりしてくすくす笑う
しかし
屍は一杯やろうにも手も足も出ない

ほんとうに私達は——巡礼12

私達は知らない
近所の練炭屋のおじさんの笑顔が
毎日少しずつ黒くなっているのも
練炭たちが練炭屋の方向を
山間地方に
ちょっとずつ変えていることも
練炭が練炭屋のおじさんを

感化していることを知らないように
私達は私達がほんとうは何に
染まっているのか知らないでいる

練炭屋の陽射しは
練炭の粉で
ちょっとずつ弱まり。

闇の力——巡礼16

闇は眼がないから固まり　手が　足がないから固まり　口がないから固まる
闇は2という数字を知らないから固まり　言語がないから固まり家がないから固まる　過去がないから固まり　未来が　現在はなおのことないから固まる
だがな　君　何もかもある君と僕は　固まって独立したあの闇に裸で会うことができるだろうか？
存在がないから固まり　固まって光になったあの一輪の黒薔薇の

微笑みに！

青い葉の中にもう何日か留まって——巡礼18

花を殺し　花の中に入って花の妻子を殺し　地下に隠れた根を摘発し
最後に花の死体を庭に置けば
殺し殺された花と私は
神様
今日なすべきことを終えたのでしょう？
雨上がりの街では子供たちが

雲のかかった空の一部をむしっています
私は何も望まず
どこかで罪を犯し
罪状でも噛みながら
あの青い葉の中に
罪状でも噛みながらもう何日か留まって
青い葉でももっと青くして

人々は退屈すると太陽の光を求め
何人かは家を出て
長い橋を渡り他の村に行くでしょう

開峰洞《ケボンドン》と薔薇

開峰洞の入り口の道は
一輪の薔薇のために左に曲がり
曲がった道のどこからか抜け出して
薔薇は
道を一人で歩かせ
枝が揺れたまま　道の外に立つ
見てごらん　時折身を震わせ

葉っぱたちが自分勝手に時間の風を起こしているのを
薔薇はここの住民ではなく
時間の外のソウルの一部であり
君と僕は
いとこたちの話の中の一場面として
雨降る地上の足跡なんかに溜まるんだ

言ってごらん
どうすれば薔薇に手が届くのかを
あの気まずい疑問　あの気まずい秘密の花
薔薇に触れられない時
たたいてごらん　開峰洞にある家のドアは
どれも開かない

返事

　巨済島《コジェド》から小包で送ってくれた君の海をありがたく受け取りましたハゲコウ*とクジメ*の喊声　喊声の終わった後に海の声がよく釣れるという君の海は　わが家の庭を南の海にして海の声を出すようにしてくれます

　その海は胎児の海　独りでいる者が独りで見た海　独りで退き　再び見た海の木の葉です　君は何げなく送ってくれたけれど　僕は何げなく受け取ることはできない　それだけ重みのあるハゲコウとクジメです

＊ハゲコウ：コウノトリ科の大きな鳥。
＊クジメ：アイナメ科の魚。

笑い

ドアに「外出中」という札を掲げておいて部屋で横になった　顔をこするると倦怠と狂気が入り交じって落ちた　床に落ちた物を拾い　その形を眺めていると　義挙塔の後ろの墓にも入れないで他人の山のふもとに何坪かの土地を買った友人が　この頃は誰も訪ねてきやしないとぼやきながら入ってきた　札を見なかったのかと聞くと「ばかばかしい」と言って笑った　その笑い声が外に消えると　待っていたかのように僕の横に横たわり　ここでひと寝入りするというから　僕も小言はやめ　ずっと寝てろよと皮肉っぽい言葉を奴の全身に浴びせて笑った

言葉が必要な時　言葉の言葉ではなく言葉の光が必要な時　憂い　深い憂い　僕が目を覚ますともう奴の姿はなく　傍らでは握りこぶしほどの午後二時の陽射しが　僕の眼をじっと見て実に寂しそうに笑っていた

『王子ではない一人の子供に』（一九七八）より

龍山《ヨンサン》にて

詩には何かすてきな話があると信じている
古い人たちが
いまだに存在する　詩には
何もない
ぶざまな
我々の生があるだけ
信じたくて諦められない人たちの

すてきな話の幻想があるだけ
我々の愚かさが我々の意志と理想の中に育ちながら揺らぐように
君の愛も信頼も　私の詐欺も詐欺の確かさも
確かなぶんだけ不確かで
すてきな草原には雑草が茂る

確かでないとか愛しているとか　それがどうした
詩には何もない　詩には
我々の生があるだけ
残っている我々の生は常に我々に出合う
ぶざまに
信じたくないだろうが
とてもぶざまに

あなたのために

あなたは具体的なものをほしがります　あなたの服　あなたの靴　あなたの顔が具体的であるように　私の言葉もそのようになることを望みます　でもあなたはあなたの眼をご存じなのでしょうか

こんな寓話はいかがでしょう

春です　道の終わった所に階段　階段が終わった所に庭　その夢の庭に昨日の夕方　天使たちの乗ってきた馬車が一台　その横にはきれいな

天使の足跡がいくつかついたままになっています　花の木は一日中庭のために種を作り　風は霧を掃き清め　雲が遊びに来られるよう　空をさっぱりと拭っておきました

真昼になれば時折　天使を乗せてきた御者がひゅうひゅう吹いて庭に投げ入れた口笛が現れたりもして　退屈な夢は口笛と一緒に　天使の足跡の横に自分の足跡をつけてみたりもします

春です　村です　ある部屋では机の下に埃が息を潜め　椅子の古いねじもきしむのをやめ　西の山に向かっていた太陽もしばらく夕焼けの中に立って今日見る夢の色を考えます　時間も村もちょっと歩みを止め鏡も洋服掛けも机もすべて風にもたれたままじっと耳を傾け……

晩春　森の中ではいつしか春が引っ越し荷物をまとめています　天使が乗ってきた馬車の脇で来年蒔く花の種とかげろうそして細かい雨をかばんに入れ　森を一巡しながら花の香りや鳥の声と握手をして神様に報

告する帳簿を脇に挟み　手を振る木と草と花に挨拶をして　春が馬車に乗り込もうとしています　夢の門が半分開き馬車が外に出ようとしています　地球からゆっくり春が離れようとしています

ごらんなさい
地球から春がゆっくり離れようとしています

質問がなければ
春を送ります
あなたは何か失ったものがあります
あなたが幸福である理由は失ったものの中にあるのです

ふと生き方を間違えているような気が

眠ることほどやさしいこともないはずなのに　それすらできず呆然と
して眼を開けている
午前一時と二時の隙間
午前一時と二時の空想の隙間で
ふと　生き方を間違えているような　その感じが
頭に冷水を浴びせる

言うべき言葉もないから寝返りを打って眼を開けていると

私の濡れた身体を抱き
どうせ間違えたのなら間違えたまま生きていくのも一つの方法だよと
悪魔のような夜が私にささやく

コスモスを唄える

大通りで　飲み屋の裏通りで　そして野原で　秋は私達を歴史の前に立たせる

大通りで秋はいきなり　一九〇六年二月一日に日本が韓国統監府を設置したことを知っているかと問う　飲み屋の裏通りでちょっとふらふらしている私の前に立ちふさがり　一九六〇年四月二十五日に大学教授団のデモがあったと語る

一九六〇年五月二十九日には李《イ》承晩《スンマン》前大統領がハワイに亡命し一九一〇年六月二十四日には大韓帝国が日本に警察権を移譲　一八八五年十月八日には日本人が閔妃《ミンビ》を殺害　一九〇五年十一月三十日には閔泳《ミンヨン》煥《ファン》が自決　一九四七年十二月二十二日には金九《キムグ》が大韓民国軍政反対声明を発表したのだが

再び見ろと言うのだな　そんなこととは何の関係もなさそうな　ただごみごみしたうちの家の裏や路地で　唐突に　あるいは苦しみながら死なねばならなかった人たちが歩いた足跡を復元し　私達が忘れないよう　秋がそんなふうに毎年見せてくれる　死者たちのちぎれた服や肉片や血　滴る血……

ユダの不動産

金浦《キムポ》街道に立つ　その瞬間　崩れ壊れた街を漢江《ハンガン》がすべてさらけ出して日光浴をしている光景が目に入る　この瞬間　私の眼は神の眼だ　穏やかで温かく　事実を事実として愛する肯定が陽射しを受けてきらりと輝く
――私は復活しようとしているのか?

街　不動産ブームに乗って　ジーンズをはいた若い奥さん方が道の向こうのアパート工事現場に押し寄せる　西部劇の男のように堂々と　そ

してゆっくり　不動産——動かない　動かすことのできない財産　アパートや家屋がやっと不動産になるこの時代の大工たちは習慣のように十字架に釘を打ち付けている
——私は復活しようとしているのか？

初め私は信じなかった　ある日私を訪ねてきた一人のラビが聞かせてくれたことを　オリーブ山のオリーブの木の下でナザレのイエスがユダの両腕をつかんで泣きながら言ったという言葉を

私の生涯を　奇蹟ばかり望む人々のために　誰かが私を奇蹟から救ってくれなければ　愛は奇蹟ではないということを　愛は喜んで苦痛を理解する力だということを知らない人たちのために　お前が私を救ってくれなければ　お願いだ　ユダ　人々は劇的なものを好む　劇的なものの

虚構を知らぬ人たちは永遠に虚構がわからないのだ　あの人たちのため
に私は劇的に死なねばならない　お願いだ　ユダよ　私のために裏切る
ことができるのはお前だけだ

今は見える　アパート工事現場の上に　エルサレムに行くゲヘナの谷
でナザレの大工と別れたイスカリオテのユダがひとり日がな一日見上げ
た空――あのユダの不動産　曇っていた　それでも最後には果てしなく
晴れて穏やかになった空

この時代の純粋詩

自由に関して言えば私はカント主義者です　ご存じでしょうが互いの
自由を妨害しない限りで自分の自由を拡張する　他人の自由を妨害しな
いためにこっそり（この点が重要です）自分の自由を拡張する方法を私
は愛しています　世のすべてを手に入れさせてくれる愛　その愛の名に
おいて

私がこうして自由を愛するので　世のすべての自由も私の懐で私を愛
します　愛で得た自分の自由　私はたくさん愛したから実に多くの自由

を持っています　毎週住宅宝くじを買う自由　住宅宝くじに未来を賭ける自由　今週の運勢を信じる自由　運勢が悪ければ信じない自由　詐欺を働いては酒を飲む自由　酒を飲んで笑い飛ばす自由　浮気してさっさと忘れる自由

私の愛らしい自由はいろいろあります　歩き回る自由　座って移動する自由（タクシーに乗るということ）　月給泥棒をする自由　上司に見つからないように月給泥棒をする自由　ばれたら背後で罵倒する自由　酒で適当にごまかす自由　出世のために遅刻すまいと給料袋をはたいて威勢よくタクシーに乗って出勤する自由　メーターが上がるたびにタクシーに乗ったことを後悔する自由　そして昼には残った数枚のコインでそそくさとインスタントラーメンを食べるしかない自由

この世は私の自由だらけです　愛という言葉を売って工場で働く女の子の服を脱がせる自由　時代という言葉を売って女子大生の服を脱がせる自由　夢を売って安楽を買う自由　楽なことが好きだから楽なことを好む自由　苦いものより甘いものがやはり甘い自由　苦いのもコーヒー程度ならおいしい自由

世の中には愛すべき自由が実にたくさんあります　あなたがもし自由を愛するならちょっとお分けしても構いませんが

外では雨が降っています
この時代の純粋詩があくどく不純になるように
私達のお遊び　私達の言葉があくどく不純になるように
あくどさが露見する意味の迷妄　無意味な純潔の身体　雨の身体……

お気をつけて
無知ですらない　あのたくさんの純潔の身体たち

詩人たち——金宗三《キムジョンサム》に

資源戦争時代　オイル戦争時代　でも心配するな　迂回戦争時代　これは敗北戦争時代の詩の話ではないから誤解するな　詩はいつだって敗北だから勝利だと誤解するな
詩人の国は高い山の谷にある
詩人の国は葉っぱがかさこそ音を立てても肉がぽろぽろ落ちる谷にある　谷には
意味のない遊び
曖昧な会話

無能な歌声が雲となって山の中腹を絞めつける　その度に山の背丈は常に具体的に伸びる

山奥の谷では李箱《イサン》*が馬鹿どもと一緒に横になってイヒヒと笑う　老女の間でリルケが　同性愛者ランボーがくすくす笑いながら見ている　逃げる女の前に花をまき散らす頭のおかしい素月《ソウォル》*を見て　万海《マネ》*が別れ（別れが美しいというのは醜い嘘だ！）を讃える念仏を唱える

詩は抽象的だから具象的だと誤解するな　詩人は頭がおかしいのだからまともだと誤解するな　今　韓国は散文だ　政治も散文　社会も散文詩人も散文だ　散文的でいるための戦争時代　詩人たちが戦場に引きずり出される姿が見える　引きずり出される詩人の輝かしい制服　引き出されないクズばかり残り　制服もなしに　ああ　詩を書いている

＊李箱：一九一〇～一九三七。モダニズム詩人、小説家。本名、金海《キムへ》卿《ギョン》。

＊素月：金素月《キムソウォル》のこと。一九〇二～一九三四。詩人。民謡調の素朴な抒情詩で愛された。本名は金廷湜《キムジョンシク》で素月は号。詩集『ツツジの花』、『素月詩抄』などがある。

＊万海：詩人であり僧侶でもあった韓龍雲《ハンヨンウン》（一八七九～一九四四）の号。詩集『ニムの沈黙』で知られる。

葉っぱ一枚の女

僕はある女を愛した　トネリコの葉っぱみたいにちっぽけな女　その葉っぱ一枚の女を愛した　トネリコの葉の綿毛　その一枚の透明さ　その一枚の魂　その一枚の眼　そして風が吹けば見えるような　見えるような一枚の清らかさと自由を愛したんだよ

ほんとうに僕はある女を愛した　女だけを持っている女　女ではないものは何も持っていない女　女でなければ何ものでもない女　涙みたいな女　悲しみみたいな女　馬鹿みたいな女　詩集みたいな女　なのに永遠

に誰のものにもならない女　そのために不幸な女
だけど永遠に僕だけの女　トネリコの影みたいな悲しい女

『この地に書かれる抒情詩』（一九八一）より

この時代の死または寓話

死はバスに乗ろうと思ったが
歩くのが面倒でタクシーに乗った
俺はやることがいっぱいある
死はたやすく
タクシーに乗る口実を見つけた
死は仕事をしようと思ったが

まず一杯やることにした

考える前にまず一杯やって
酔ったら
明日考えることにした

俺は忠臣じゃないぞ
死はたやすく
明日に先延ばしする口実を見つけた

酒を飲みながら　死は
明日考えることにしたのも
面倒になり

明日考えるのも
やめることにした

ちょっと酔ってきた死は
家に帰ってテレビをつけ
明日は週末旅行に行こうと思った

健康第一だろ――
死は自分の言葉に肯定の意味で
二、三度うなずき
そうだ　新聞にもそう書いてあったぞ
とつぶやいた

路地にて

子供たちが路地で遊んでいる
俺と路地は常に路地のここから道を見ているが
子どもたちは何も眺めることなく遊んでいる
何も眺めないあの眼こそ
疲れて　疲れて　すぐに眼を開ける
最も不吉な　最も不吉な眼だ

子供たちは俺みたいなくたびれた男には何の興味もなく

陣地取りやなわとびをして
空は決して眺めず一生懸命遊んでいる
眺めるのが俺の仕事であるとするなら　彼らは
俺を眺めないのが自分たちの仕事であるかのように
泥の中で転がっている
まるで敵軍を前にして明日の攻撃を偽装する
前線の一日のように

俺の父と俺の父の父が
俺の敵であるのと同じく　俺も当然彼らの敵だ
路地は明日を予感してもしなくても同じように穏やかで
時間が時間を知っているというのは
保守主義者たちのでたらめな楽観論だ

時間は時間を考え
予感している人だけに重くのしかかる

じっと眺めれば子供たちはみんな
見えない何かを一つ手に隠し持っている
見えないものが冷たく光って　まるで
空の星の光のようだ　つぶさに見れば星の光よりも死に似ている

子供たちが遊んでいる　路地で
俺のすぐ目の前で遊んでいる
あの果てしないような子供たちの遊び
あれこそいつかは終わりの来る

最も不吉な　不吉な遊びだ

二つの風景の二つの話

1

東の窓が風景を一つ持っている
西の窓も風景を一つ持っている
窓には窓どうし互いに
風景を交換しない習慣がある
危うい　危うい——と私が言っても
窓には風景を交換しない妙な習慣がある

あの滑稽な窓
あの滑稽な頑固さ
窓は人々がその中にいてもいなくても
驚くべきことに無関心な顔をしている

2

風景を美しいと言うためには
風景を知っていようがいまいが　最後まで
風景のように遠ざかってみなければならない
近づいてみろ　近づけば風景は
風景ではない別の存在になる

風景の中に入ってみろ　風景の中では
風景は消え　事物が現れる

風景を美しいと言うためには最後まで
風景が風景ではないことを隠してこそ風景なのに
これを知っている風景がないというのは何とも奇妙ではあるが事実だ
これを知っている風景がないというのは実に滑稽なことではあるが風景
の生命だ

風景も眠りから覚めるのではないかというのは
夢多き我々の希望であり
風景も愛するのではないかというのは
愛にだらしない我々の愛であり

風景も絶望を知っているのではないかというのは
楽しいねえ　ちくしょうめ
絶望している我々の絶望だ

死んだ後のパンツ

軽い交通事故に三回遭って以来　私は臆病者になりました　時速八十キロ近くになると前の座席の背もたれをつかんで　パンツをいつはき替えたかを確認するため　すばやく目玉を転がします

生きてもいない死後の恥　死んだ後にパンツがきれいかどうかがどうして気になるのか　それの何が重要で気を使うのか　ほんとうにおかしなことです　世の中はおかしなことでいっぱいだから　それがおかしくない理由もありませんけれど

私の頭の中まで入ってきた泥棒

木の葉の揺れる音が見える
木の葉と木の葉の夜の間に
夜の道をつくる音が見える
泥棒の道が見える

彼は主人である私のことを
寝てればいいのに　何してるんだと
いぶかしむ

寝ててくれなきゃ
盗むのが気まずいじゃないか
眠れないなら　せめて眼でもつぶるべきだろうと
驚いた顔をして見せる

無理に眼を閉じたところで
すっかり聞こえる　すっかり見える
生きているものたちが皆　細目を開いて見ている姿が

泥棒が私の頭の中を探る音
頭の中をひっかき回し
泥棒という言葉を消し去る音
代わりに

他の言葉を押し込む音が
聞こえる　すっかり聞こえる

童話の言葉

童話が書きたいのです　童話の中では何でもできるから　できないことのない世界！　乞食が王子になり　豆の木が天まで届いて　ジャックが天に昇ったり

童話が書きたいのです　昔　王様がいました　自然に物語ができそうな気がします　何でもできる世界！　でも私は童話の言葉をすっかり忘れていたことに気づきました　私の暮らしている所は王も王子もお姫様もいないからです　私は昨日の夕方　こんな童話を書きました　どうし

てって？　私の知らないうちに他の人たちが何でもできる世界を持ったら　私だけ損をするからです

昔々　ある国の王が
言葉を使えないようにする
法律を作りました

法律を作るのは昔は
王の権限でした

しばらくして人々は言葉を
すっかり忘れてしまいました
しばらくして人々はみんな

民よ　私の言葉を聞け　という
王の言葉がわからなくなりました

私が通り過ぎる時には頭を下げていろという言葉が
わからなくなりました

王という言葉がいったいどういう意味なのか
忘れてしまいました

それからその人たちの子孫である
私も皆さんもみんな言葉を忘れてしまったので
言葉を使ってはいけません

これは法律です

（でもこれは童話ではありませんよね？
私は童話の言葉を忘れてしまいました）

ある泥棒——李清俊《イチョンジュン》＊に

常に何かに窮乏しているのが詩人で　ゆえにいつも泥棒をしているのが詩人で　盗むべきものがなさそうな時には唐突な悲しみの原理を盗んだりするのが詩人だが

彼も詩人だから常に泥棒している　プライドが高く　盗品で自分の世界を支配しつつ生きるつもりだと　自ら正直に告白もするし

噂を盗んで風呂敷包みをほどき　使えそうなものはそっくり売り払い
残ったものに小便をひっかけながら僕たちの方を見てにっこりしたり

南道《ナムド》*のパンソリをひとくさり盗み　なぜいまだにパンソリが南道の道を狂気に導くのかとパンソリに尋ねながら　ひとり夜通しその後を追って歩いたりもする

数日前　僕は彼に　自分のでも彼のでもない　あなたたちの天国で会った　その日に限って久しぶりにちょっと遠出したことを自分でも意識していたのか　彼はやや疲れた顔で　空と国が出合ったり出合わなかったりしている地点に立ち　そこにある偶像の神経組織をすべて盗むと　やろうかと言って僕に差し出した　僕は自分で盗んだものが別にあるから　そのまま持って帰れと言って笑った

＊李清俊：一九三九〜二〇〇八。小説家。『自由の門』『あなたたちの天国』など多数の傑作を残した。作品は何度も映画化されており、〈南道の人〉シリーズの第一作「西便制《ソピョンジェ》」を原作とした林権沢《イムグォンテク》監督の映画『風の丘を越えて—西便制』（一九九三）は日本でもよく知られている。

＊南道：京畿道《キョンギド》以南の地域、すなわち、忠清道《チュンチョンド》、慶尚道《キョンサンド》、全《チョル》羅道《ラド》を指す。

『時には注目される生でありたい』（一九八七）より

バス停で

露店の空いた椅子を
詩と言ったらいけないだろうか
店番をしているあの女を
バスに乗ろうと走っているあの男の
尻を
詩と言ったらいけないだろうか
僕は自分が重たくて
詩が重たくて　身につけた

作詩法を捨て
停留所で耐えている

警察の不審尋問に差し出す
僕の住民登録証を詩だと
言ったらいけないだろうか
住民登録証の番号を詩だと
言ったらいけないだろうか
いけないいなら　いけないいそのすべてを
詩と言ったらいけないだろうか

僕は愚かな読者を
裏切る方法を

今日も思案している
僕がバスを待ちながら
来ないバスを
詩と言ったらいけないだろうか
詩を知らない人たちを
詩と言ったらいけないだろうか

裏切りを知らない詩が
あるというなら言ってみろ
意味するすべては
裏切りを知っている　時代の
詩が裏切りを知る時まで
チューチューバー*を吸っている

あの女の唇を
詩だと言ったらいけないか

＊チューチューバー：チューブ状の容器に清涼飲料水を入れて凍らせた氷菓。

南大門《ナムデムン》市場にて

今日《きょう》僕は幽霊だ
水になって流れようが
血になって流れようが
事件であろうが
事物であろうが
それは幽霊の自由だ

今日　僕は幽霊だ

僕は僕の肉体を
精神に縛りつけない
僕よ　心配するな
放縦は時には愉快で
放任は風刺になる

肉体よ　今日の僕は
楽しいね
精神の風刺となる
肉体よ　今日の僕は
芸術と社会を講義し
講義料をもらって
封筒をズボンのポケットの

中で握り
南大門市場をぶらつきながら
輸入商店街で赤い
外国製のパンツも買う

肉体よ　元気でいるか
家に一人でいる間に
強姦などされていないか

詩人久甫《クボ》氏の一日*　1——久甫氏があなたに送る私信

あるいは希望をつくりながら生きること

1

秋　つまり秋のある日

道を歩いている時に場所を間違えて地上で光っている星そんな星として輝く黄菊だの野菊だのに出合ったら秋のあいだは秋のままでいさせておいてから菊をまた星と呼んで星にしていくつかは自分のポケットにい

つも入れて持ち歩こう

僕のポケットは小さいことは小さいけれどそこも宇宙だから星が出る
場所はありますよなるほどポケットが古くて何カ所か穴が開いてはいま
すがひょっとして道に何かの形をして落ちていたら目やにやあそこでも
ちょっと石鹸で洗ってやってどこにでも置いて消息なりともただそんな
ふうに伝えて下さい

2

誤解したくてもどうか誤解しないで
詩人も詩ではなくご飯を食べます
詩人も詩ではなく服を着ます

詩人も稼ぐために仕事をして出勤もしてお金がなければインスタント
ラーメンを食べます
誤解したくてもどうか誤解しないで
誤解したければどうか誤解して下さい
詩人もご飯だけでは生きられません
詩人も女房だけでは駄目なんです
見ているだけでは満足できません
だから詩人も何かしなければ
することはするけれどちょっと何ですね
政治は政治家が好み
詐欺は詐欺師が好み
密輸は密輸業者が上手で
徒党を組むのは輩《やから》が上手だけど

詩人は詩を好むから
詩に狂いますご飯だけでは生きられないから
ご飯だけ食べて生きられない話に狂ったんです
そうです狂ったんですだけど詩人も
ご飯を食べます稼ぐために仕事もするし
出勤します出勤できなければほんとうに困ります
警官が検問をしていたら住民登録証を見せなければなりません
検問しても番号のない詩はそれだから
違法でしょう違法だからちょっと何ですね
違法はもう一つの法だから愉快ですまあそういうことです
街を歩いていて詩があったら目やにや
あそこでも石鹸で洗ってやって安否でも
ただそんなふうに伝えてくださいそれはそういうことだと

＊詩人久甫氏の一日：このタイトルは、日本の植民地下でモダンな大都市となった京城《けいじょう》〈現在のソウル〉をぶらつく無職の知識人青年の一日を描いた朴泰遠《パクテウォン》の短篇小説「小説家仇甫《クボ》氏の一日」（一九三四）のパロディ。

詩人久甫氏の一日　3――ショッピングセンターにて

僕は買ってあげたい　愛する人に　ライナー・マリア・リルケみたい
なスパンデックスのブラジャー　買ってあげたい　アポリネールみたい
なパンスト　ああ　小包で送りたい　エミリー・ディキンソンの白いう
なじみたいな生理用品ニューフリーダム

（黄昏の空に沿って
鐘が穏やかにアンジェラスの祈りを捧げる
亡命みたいな継母みたいな

決して容赦しないという風貌で）
汚らしく近づく日曜日
僕も汚らしく
決して自分を許さないような風貌で
ラフォルグの詩を書き写す
日曜日の福音で

ゴールドマンみたいな汝矣島《ヨイド》
ギュンター・グラスみたいな
カフカみたいな
ショッピングセンターで

僕は愛する人に買ってあげたい　ハイネみたいな双子の鈴《サンパンウル》印《じるし》のメリ

ヤス　ワーズワースみたいな七色のくすぐったい三角パンティー　ああ
書留小包で送りたい　ヴァスコ・ポパ*の「小さな箱」に入った月桂冠印
のコンドーム

疲れてからいつも一人
一杯の酒に酔って西の
空の稜線にいつも吐瀉物を
赤く吐いてへたばる太陽よ
安心しろ　われわれ人間も飯に酔って
へたばるんだ　いずれにせよ
休むのは日曜日の福音で
酔うのは人生の福音で
僕は今ショッピングセンターを歩きながら

スルメの足を残忍なほど愉快に引き裂いて
噛んでいる　街灯が
くちばしの下に不快な
唾液の量を少しずつ増やして
流し始める時

＊ヴァスコ・ポパ：セルビアの詩人。

ピングレ牛乳二〇〇㎖パック

1.「両方の角を
同時に押して下さい」

私は極左と極右の
両方の角を
同時にぐっと押す

2. 注ぎ口

⇩

極左と極右の　白い
膿がたらたら溢れる

3. ピングレ＊！

——私は今　ピングレ牛乳
——二〇〇㎖パックを持っている
——ピングレの中に　五月のリラの花が
——ぎこちなく落ちる

4. ⇨

5.　⇨に従い
角を一つ回せば
ピングレ――がない
別の世界だ

6.　⇧　ここから注げという指示を
拒否する
他の角に　自分の脚を
自分が置く　五月の日陰を

自分が座る椅子の
模型を　少しずつ
移動させる……この地上
この地上　五月のリラの花が
ぎこちなく落ちる

＊ピングレ：「にっこり」という意味の擬態語であり、乳製品を製造する韓国の有名企業の名前でもある。

ＭＩＭＩ　ＨＯＵＳＥ――人形の家

ミミの家*はＤＭ８６１１
ミミが一人で住んでいると言われています
北欧風の薄いピンク色の二階建て
楕円形の窓が玄関の左右に
一つずつ　二階にも左右に
一つずつ　屋根裏では丸い
明かり窓のガラスが井戸のように
空を濡らしていると言われています

金色の鍵で玄関ドアを開ければ
美しいミミが笑いながら今でも
生きている奇跡の私達を
迎えてくれると皆が言います
北欧風の丸い明かり窓には雲が
雲がいつも洗われ
ミミの家はミミも合わせて
三万五千ウォン　金色の鍵が私達を
許可してくれると皆が言います

ミミにはおしゃれなバレリーナのお姉さん
ミリ　スチュワーデスのユリと

優しいアンナという友達がいると
言われています（両親がいるという話は
聞いたことがないけれど）　愉快な
ドライブを楽しむハイキングセットと
夜会服や牛乳を飲むとおしっこをする
人形とかつらと化粧品と
COOKING　SETがあると言われています
応接セットとデラックスベッドと
豪華な浴室があると
言われています　ミミの家には

庭には芝生の中に道があり
ミミの家はミミも合わせて

三万五千ウォン　呼び鈴を押しても
玄関のドアを開けると皆が言います
ミミはミミの家に住んでいると
皆が言います　いつも笑っていると
言います　あなたが殴っても
服を脱がせても水を飲ませても
ミミは笑うと言われています
首さえそのままにしておけば
（ミミクラブ会員募集中！）

＊ミミ：日本のリカちゃん人形のような着せ替え人形。一九八二年に発売された。

時には注目される生でありたい

宣言あるいは広告コピー

単調なものは生の歌を眠らせる
留まるものは生の言語を沈黙させる
人生とはただ生きてゆく短いものではない何か
ふと——通り過ぎる視線にも喜びが溢れるから
時には注目される生でありたい——CHEVALIER

個人あるいは肖像画

壁と壁の間に一人の女がいる　生きている身体が半分だけ
世に露出して　深くかぶった帽子に隠した眼の光を　腰を
支えている片手が引いてゆき

光または物質

ふぞろいの女物の靴が一足置かれている
ふぞろいのつま先に光り輝くスポットライトの
靴の足跡

NO MERCY*

――筋肉質の男　リチャード・ギア
　繊維質の女　キム・ベイシンガー

　キスシーン
（想像してください）
（十四時二十分　広告会議は朝十時から続く　出入り口の隅っこに重ね
て置かれた中華料理の器の隙間から漂うチャジャンミョン*の芳香が　た

たんだ布団みたいにテーブルの上で重なりあったさまざまなキスシーンに覆いかぶさる　主人公の男女を陰刻した文案を提出した朴氏は　とうに疲れている尹氏の耳の穴めがけ　アリラン*の涅槃の模様を吹きつける李部長は　もっとパッとしたのはないのかと繰り返しつつ　両足をテーブルに載せる　建国大学の学生デモ事件に巻き込まれた息子の消息が気になる朴氏は　また家に電話する　リリリ、リリリリ、リリ、リリリリ……男女が抱き合って転がる写真を横目で見ながらダイアルを回していたのに　ふと手を止めてぼんやりする　リリリ、リリ、リリリ、リリリリ……部長は朴氏のメモを見て忍び笑いをする）

——官能のモールス信号　打電開始！

ベッドシーン

（想像してください）

（焼酎の瓶が運ばれ　スルメの足が裂かれ　一杯ずつぐっとやり　株を
買うのが遅すぎて損した尹氏は続けざまに三杯ごくりと飲み干し　十六
時十分。体感温度が急上昇した我々は　キム・ベイシンガーから　リ
チャード・ギアの身体まで品評し　部長は最後の文案をざっくりかき集
めて投げながら　食えなくてもGO！*と　ボールペンを置いた）

——運命の鎖でつながれた
　体温三七度八分の男女

半裸の抱擁シーン
（想像してください）

（三人はサウナに行き　私は家で韓国型腸チフスに苦しんでいる妻の熱い身体を思い浮かべつつ居眠りをする　十八時四十分　目覚めた私はオウムの入れ墨をした女の裸の上半身を見る　運命の体感温度は三七度八分　私は救急箱から体温計を出して脇に挟み　ソウルの東を抱きしめる　三分後に出してみて　再び振って挟み　五分後に出してみる）

非情の愛よ　わが細胞
天の川よ　体温計は三六度四分を
上下した後　下がってゆく

——絶賛上映中

筋肉質と
繊維質
彼らの間においてのみ発熱する
世界

世界があるんだよ
ねえ　坊や

＊NO　MERCY：一九八六年公開のアメリカ映画『ノー・マーシィ／非情の愛』。主人公の男女は互いに手錠でつながれたまま逃走するうちに惹かれあう。
＊アリラン：韓国初のフィルター付き煙草の銘柄。
＊食えなくてもGO！：一九八九年に公開された韓国映画のタイトル。

狩人の娘——十四時十分〜十四時三十分の間

アイスキャンデー十個を入手しようと　私はある神殿で額に汗を流しつつ　凝血の冷蔵庫をあさった　多神とは不便なものだ　かがめた腰どうしがぶつかって

一人の若い主婦が　愛のビービーコール*一箱を渇望した　祭壇からビービーコール一箱をひきずり下ろし　司祭はぱたぱた埃を払った　おお　高みにある愛は限りなく　低みにある渓谷は深く恐ろしい

ある男が波羅蜜多のアリランを一箱求めた

ある男が金剛の焼酎を二本求めた

ある女がプロテスタントのビールを五本求めて帰った
老人は訪れなかった
信徒の来ないわずかな隙に　神殿で初夏が真っ黒な足の指を出して水虫を掻いた
三歳の女の子が拝金のチョコレートを一つ　金を払わずに取った　司祭は母ちゃんを呼んでこいと怒鳴りつけた
片手にチョコレートを握ったまま　女の子はその場を動かずわあわあ泣いた

母は山を越えて狩りに出かけていた
初夏の風が狩人の汗の匂いを鉤でひっかいて女の子の顔にべたべたくっつけた　祝福よ　祝福よ

＊ビービーコール：大麦を原料とした炭酸飲料の商品名。ロッテ七星飲料が発売していた。

フランツ・カフカ

――MENU――

シャルル・ボードレール　八〇〇ウォン
カール・サンドバーグ　八〇〇ウォン
フランツ・カフカ　八〇〇ウォン

イヴ・ボヌフォワ　一〇〇〇ウォン
エリカ・ジョング　一〇〇〇ウォン

ガストン・バシュラール　一二〇〇ウォン
イハブ・ハサン　一二〇〇ウォン
ジェレミー・リフキン　一二〇〇ウォン
ユルゲン・ハーバーマス　一二〇〇ウォン

詩を勉強したいという
狂った弟子と座って
コーヒーを飲む
一番安い
フランツ・カフカ

『愛の監獄』（一九九一）より

ワンピース

女が行く　比喩は旧式でも
古びることのない生のようにワンピースを着て
女が行く　服の間を行く
下にも着て　テレビ広告にも出てくる
ノンノが行く　行ってしまった跡では
いろいろな事物が消され　一人残された
地面が全身で膨らむ　ぐるぐるが
行く　ブーブーが行く　丸く

膨らむ地面を元の所に下ろしながら
キルピョ＊の靴下が行く　下半身が
下半身と共に行く
上半身がゆらりと行く　車が喘ぎながら
行く　貧血性の午後が清らかに敷かれ
女が行く　その間をかき分けながら　ワンピースを着て
時代遅れの比喩のように

＊キルピョ：韓国の靴下メーカー。

愛の監獄

腹の中の子供よ　お前を腹に入れたまま
露店のリヤカーに張りついて　母は
毛糸の服を選んでいるのだよ　毛糸の服も愛と同じぐらい
いろいろだ　外の世界はもうすぐ冬になる
母は毛糸の服を一つずつ
手や頬に当ててみたりしてそれ一つで
寒い世の中で温かく暮らし
世間を一つ覆い隠そうとしている　腹の中の子供よ

母はまだ服を選べないで
顔には汗がにじんでいる　毛糸の服で
どうやってこの寒い世間をすっかり防いだり
覆い隠したりできるというのだ　できると母が
信じているはずがない　でも母は
毛糸の服の中の毛糸の服の中の家に
おお　そうだ　そのぽつぽつ穴の開いた愛の監獄に
お前を連れて行こうとしている　そうしてしばらく
耐えなければならない所に母は暮らしているのだ
いつかは毛糸の服すら脱がなければならないということを
腹の中の子供よ　お前も生まれたら知るだろうし
この世間の優しい風や陽射しだけでお前も
泣きながら世の中を愛するようになるだろう　なるだろうが

陀羅尼経《だらに》

ポクポクポクポク　なもら　だにだら　やや　なまがるりゃく　ばろぎじぇ　せばらや（家を探してふと振り返ると私は時に南大門市場《ナムデムン》で読経する僧侶の横の道に立っている　ポクポク）もじさだばや　まはさだばや　まはがろ　にがや（ねえ、あんたが服を買った店はどこ？　遠い？いや、すぐ近くよ　せっかちね）おむさるば　ばいぇす　だらな　がまや　ださみょん　なまっかり　だばいままりゃ（昨夜　クレジットカードの請求書を見て、うちの人が何て言ったと思う？　ふふふ　火に放り込むぞって　もう一度　もう一度こんなことをしたら……　放り込めと

言っておきなよ　まあ　そうよね）ばろぎじぇ　せばらだば　いらがん
た　なまくはりなや　まばるた　いしゃみ　さるばるた　さだなむすば
ん　あいぇよむ　さるば　ぼだなむ　ばばまら　みすだがむ　だにゃ
た（ある役人が尋ねた　善なる師よ　私はどうすれば永遠の命を得られ
ますか　イエスが答えた　お前はどうして私を善と言うのだ　神以外に
善なる方はいない　あの人本当に正しいことを言うね　お前も善ではな
い――ちょっと良い人になりなさい　どう？　そうだね　そうだろ？）
おーむ　あろげ　あろが　まじろが　ちがらんじぇ　へへはれ（何して
るの　早く来なさいよ　わかった　行くったら　これだけちょっと見て
から）まはもじ　さだば　さまら　さまら　はりなや　ぐろぐろ　がる
ま　さだや　さだや　どろどろ　みよんじぇ　まは　みよんじぇ　だら
だら　だりんなれ　せばら　じゃらじゃら（お前が戒律を知っているな
ら姦淫するな　盗むな　偽証するな　親を敬えと言ったのだ）まら　み

まら　あまら　もるじぇいぇへへ　ろげ　せばら　らあ　みさみ　なさや　なべ　さみさみ　なさや　もはじゃら　みさみ　なさや　ほろほろまらほろ　はれ　ばなまなば　さらさら　しりしり　そろそろ（お前昨日　あの女どうした？　おい　わかりきったことを今更言うなよ　昨日　輸入商店街に行ったんだけど　あいつがくれた物は　あそこでいちばん安い物ばかりだったのよ）もっちゃもっちゃ　もだや　もだや　めだりや　ならがんた　がまさ　なるさなむ　ばらはらなや　まなく　さばは　しっだや　さばは（あの坊主　何て言ってるんだ？　俺にわかるもんか　わからないなら黙ってろ……　これは私が幼い頃から守ってきました　イエスはその言葉を聞いて言われた　お前にむしろ欠けているものが一つある　持っているものをすべて売り　貧しい者たちに分け与えなさい　そうすれば天から宝物が下されるだろう……ああ　もったいない　高く買わされちゃったみたい）まはしっだや　さばは　しったゆ

いぇ　せばらや　さばは　ならがんたや　さばは　ばらは　もっか　しんはもっかや　さばは　ばなま　はったや　さばは（……あの時　そうしていればよかったのに　あの時　そうしていればよかったのに　初めて見た瞬間　言うべき言葉を忘れました　行くと言った時に引き止められなかった　あの時そうしていればよかったのに……）じゃがらよくたや　さばは　さんかそむなね　もだなや　さばは　まはら　ぐただらやさばは　ばまさ　がんたいさ　しちぇだ　かりんな　いなや　さばは（聴いている者たちが言った　そうすれば誰が救いを得られるのですかそうすれば誰が救いを得られるのですか）みゃがら　じゃるまいばさなや　さばは　なもら　だなだら　やや　なまがりゃ　ばろっきじぇ　せばらや　さばは　なもら　だなだら　やや　なまがりゃ　ばろっきじぇせばらや　　さばは　なもら　だなだら　やや　なまがりゃ　ばろっきじぇ　せばらや　さばは　ポクポクポク　ポッポポポ

＊文中に引用されている呪文は千手経に収められている神妙章句大陀羅尼。ここでは韓国式の発音をひらがなで記した。

空には白い雲が漂い

公衆電話ボックスの横で　一人の子供が
泣いている　どのボックスの中で
それぞれに切羽詰まった大人たちが
電話線にしがみつき　あるいは手ぶり　あるいは
足ぶり　コーンのアイスクリームをなめながら泣く
子供のうなじには涙より冷たい
氷水が薄赤く流れ落ち　街を
さまよう子供の視線を　通り過ぎる人たちが

とんとんたたいて行く　そのたびに子供の
目から涙がぽとぽと流れる　あの子は
おそらく韓国に生まれたから　一人でいる時に
神様に電話する方法を知らないのだ
遠くに見える聖堂では神様への
直通電話が架設されているはずだが
無料ではないだろう　一人の男が子供の傍らに
しゃがみ　何か言って慰めているが子供は首を横に
振りながら泣きじゃくっている　有名メーカーの派手な
マークをつけたトラック一台が止まり　子供を
押しのけてジュースの箱を積み上げる　箱が
天に昇り始めると子供はすぐ
どこかに消え　空には白い雲がふわふわ漂い

箱にぎっしり詰まった黄色い顔のオレンジジュースの
瓶たちは出動直前　ソウルの戦闘警察隊みたいに

ゼラニウム、一九八八、神話

考えてみれば肌も自然の一部……
ドゥボン　ミネルバ
ブラ自身がもっとも美しいバストを記憶します
ビーナス　メモリーブラ
　国会議員選挙以後咲き始めた
　アイビーゼラニウムが　四月　五月が過ぎ
花と女性　美と白い肌
そこにはドクター・ベラがお供します　原州《ウォンジュ》通商

六月になっても咲き続けている
良い子が熱を出したらブルペンシロップでさましてください
野小与大とかなんとか言っている国会が
カシャレル――パリジェンヌのファッションセンス
始まって第五共和国*の不正だの光州特別委員会の
愛のシンフォニー――サンイル家具
言葉の饗宴が六月から七月に引っ越して
LEVI'S THE BEST JEANS IN THE WORLD
枝が折れ葉っぱが傷んでも
テリム毛皮は決して量産しません
そして最高の物しか作りません
ゼラニウムはずっと咲いている　ベランダで
受話器を持たずに電話がかけられます

オートガンマ五〇〇
　一つの茎から花が落ちても他の茎から
唐の楊貴妃がシルクで胸を包んでから千二百八十七年過ぎた今日
あなたも本物のシルクで作ったランジェリーを楽しむことができるよう
になりました　シルバーベル
　立ち上がってどんな歴史を語ろうというのか
　次々と咲いている　落ちた花びらはもう
かわいい赤ちゃんにはエルフィンス*を！
パパには乗用車を！
ララ・エルフィンス謝恩祭
　地面で休むだろう　聖ラザロ村*の
表現できない個性はない　オスカー化粧品
　ある男のように　死んでも楽になれない花びらも

休むには休むのだろう

ビタミンEを全身に塗ったらいかがですか？

エギョンポンズ

長い首を突き出したゼラニウムの肩越しに孤独な

感性は熱く表現するほど良い　貴族アクセサリー　ゾディアック

鳥たちは崩れる午後の猛暑を避けて飛び

科学的な離乳食　ミルパメイル

便秘にはやっぱりドゥルコラックス

高く上がる　行け　恥部はかゆく　水は

遠い川から来る

二十世紀の避妊医学の結論！　ライボラ

路地の草は少しずつ殺気立ち

アンダーウエアのハイソサエティ——トライアンフ！

ヒット洗濯機だけが国内唯一全プロセス全自動！
　父は崩れ　帰らない時間の代わり
成功する男——彼はまず外見を認められる　マンスター
　草をむしり　子供は家出し
カールスバーグ　世界百三十カ国の人々が共感するその深い品格——
寝具手芸ファッションの貴族　ロザリア

＊第五共和国：全斗煥《チョンドゥファン》が大統領として独裁を振るった一九八一年三月から一九八八年二月までの時期。
＊エルフィンス：紙おむつの商品名。
＊聖ラザロ村：韓国京畿道《キョンギド》にあるハンセン病快復者の定着村。

部屋の戸

故郷の家の裏庭に柿の木がいっぱいあった　肩を寄せ合って塀を押し
長く伸びた枝と手のひらほどの葉っぱが縁側にまで届くと一つの季節
が過ぎた
広大な空を覆った枝と葉が何をするのか知らないまま
私は柿が熟すのを待ちきれず渋い青柿をもいで塩をつけて食べた

柿だからといって変わりはしない
未熟な実は喉を通る前に舌にからみついた
ぎしぎし鳴る滑車のついた井戸の脇に甘柿の木が一本だけあった
その柿は渋くなかった！
どうしてそこに一本だけあったのだろう
母が決めた私の部屋は　そちら側に戸があった

『道、路地、ホテルそして川の音』（一九九五）より

家と道

1

高い所に上がった道はたいてい
小さな家に出合う　その家は
木の枝の先にも見つかる
その家は樹液をもらうまでには長い
時間がかかる　そんな家に押されて
折れたり曲がったりした枝もある

2

路地は曲がることを楽しむ
曲がった道は弾力を楽しむ
通る人はたいてい
つま先が持ち上がる　家のことが
好きな道は　よく行き止まりになる

3

窓をぶち抜いた家は
すべて木を育てる　育った

木々は葉っぱを持ち上げて
家の窓の横に立ち
空の前に立つ　部屋で
よくうろうろしている人たちの
足音とその音に
ついて回る土の中の
根っこを直接見た人はいない

4

路地では裸の子どもたちが遊んでいる
家の中のベッドでは
大人たちが遊んでいる　裸の遊び場で

影も服を脱ぐ　身体が
軽くなった裸の道がむやみに家を
持ち上げては放したりすることもある

5

階段にはたいてい靴が一足
捨てられている　横に伸びた
階段の道がときどき仕出かす
拉致の痕跡だ　その道は
常に左右が途切れている

6

空には家がない
とても遠い所に行った道は
墓のない空に埋められる

沈む日

その時私は川べりの安い飲み屋の近くにいた
日が沈もうとしていた
飲み屋の近所には人々がそれぞれに立っていた
一人の男の頭に夕陽が沈みかけていた
両手でカバンを抱えた女学生が沈む夕陽を見ていた
若いカップルが手をつないで夕陽を見ていた
飲み屋の裏口からも夕陽が見えた
ひとりの男が沈む夕陽を見て何かつぶやいた

カバンを持ち直し女学生が身体を一度ひねった
若いカップルが一瞬互いの顔を見てぼんやりと笑った
私は服の外に出ている自分の襟首を触った
一人の男がたじろぎながら左側から視野の外に出た
日が沈もうとしていた

少年と木

ある少年が木を抱いて
前を見ている　日光が
壁のように前方を遮っている
前方が波打つのか　木が波打つのか
両腕で木を胸にしっかり抱きかかえ
顔をしかめて　一人の少年が木の後ろに
片方の耳を隠している
木は前を見ずに初めから

上を見ている　そこは人が
住まない空だ
影たちは空を見て横たわっている
石たちはそれでも肩を風にさらし
転がる時間に慣れようとする
一人の少年がそれでも木を抱いて
前を見ている　前を見つめる
瞳は漆黒だ

街の時間

感動する時間も与えず　一人の男が
行く　感動する時間も与えず
髪を後ろでぎゅっと束ねた女の首一つが
いろんな男の肩の間に挟まる
女が急いで自分の首を他人の身体に
くっつける　二歩歩き　また
首を他人の肩の上にくっつける　僕は
人混みを避けながら元の場所にくっつける

感動する時間も与えず　一人の女の
ハンドバッグと一人の女の下半身の間
白い聖母マリアの胸に
やかんがくっつく　マリアの片方の胸から
水がたらたら流れる　驚いた女が一人
その場に立ち止まる　アスファルトがうねる
アスファルトをぎゅうぎゅう制圧して乗用車が
行く　またトラックが一台　二台
こんな男とあんな女たちを押し潰しながら
行く　男と女たちが潰れながら感動するための
時間も与えずに
僕は時間を別に切り出してつくる

絵と私

泥棒が包丁を持って商人たちを
脅している　山の中で泥棒は
楽しい　森が言葉を謹んで
いる　六人いや七人の商人が
両手を合わせたり
両手を上げたりして　泥棒の方に
足で荷物を押しやり　離れて立って
頼んでいる　命乞いをしている

道が丘を越えかけて　しばらく
歩みを止めている　三国時代から
現在まで道の中断がこの
絵の中で継続している　泥棒も
それ以上近づかない　みんな
私が介入するのを待っている　他の世界と
同じだ　地面に下ろされた背負子も
緊張している　私が介入する間
いや森が沈黙している間　泥棒も
商人たちも口を慎んでいる　外で
ロバが鈴を鳴らしながら　泥棒を
呼んでいるのか　泥棒の包丁が一瞬
輝きを増す　木の後ろに隠れて姿の

見えない数頭の鹿が私に
外に出ようと言う　私はここで
この瞬間のすべての動作を凍結して
耐える　電話のベルがせわしなく鳴る
外で誰かが私のいる所を
知っている　知っているはずだ

コツコツあるいはトントン

――もちろん彼も私も
法の下にある

私が何も考えず　いや考えながら指で
机をコツコツあるいはトントンたたいたその音は
春に夏に秋に
冬に届く　その瞬間この地球で
何百年の間起こったことのない

振動の春が来て夏が来て
蝶が舞う　いや雨が降り
白樺と欅の葉が腐る

私が何も考えず　いや考えながら指で
机をコツコツあるいはトントンたたいたその音は
その瞬間コツコツあるいはトントンの宇宙になる
その宇宙は窓の内側に　そして窓の外にある
その宇宙が水星なのか金星なのか
あるいは木星なのか天王星なのか　この地球の上に
時たま落ちるコツコツあるいはトントンの
隕石を受け取らないとわからない

私が何も考えず　いや考えながら指で
机をコツコツあるいはトントンたたいたその音は
中国の西安　アメリカのテキサス
インドのガンジス川でも　その瞬間
コツコツあるいはトントン響く　だから
西安の宮殿で片方の門が開き
テキサスに新しいガソリンスタンドができて
ガンジス川には死体が一つ流れる

『トマトは赤い　いや甘い』（一九九九）より

トマトとナイフ――静物b

トマトがある
三つ
赤く丸い
いや甘い
その横にナイフ
いや
月光

トマトと
ナイフのある
皿は安らかだ
皿は平らかだ

霧

川の水を追って霧が立ち込めた
霧を追って川が消えた　川の
水の外に　ずいぶん以前に出た
石たちまで霧を追って消えた
石だらけの野原を過ぎ草地を過ぎ堤防まで
上がった霧がヒメムカショヨモギを消したかと思ったら
すぐに私の下半身を消した
下半身のない私の上半身が

宙に浮いていた
私は既に消された両手で
消された下半身をぱたぱたたたいた
地上に見えない存在が
川辺でぱたぱた音を立てた

ホテル

ホテルが道にしがみついていた
ホテルのドアはそこでも
内部を始めたり
外部を締め切ったりしたものだ
川はホテルの後ろで
途切れたりつながったりした
いや　川は堤防の背後にいたのだが
川はよく霧になり

水の力で
ホテルを白く消しては再び建てた
それでもホテルの窓はいくつか
開き　また閉じた　開いたドアからは
部屋の闇を背景に
人の上半身をちょっと見せてくれた

カンナ

カンナが初めて咲いた日は
新聞が来なかった
その代わりトンボが一匹飛んできて
花の上をぐるぐる回った
カンナが茎をいっそう上に
伸ばし　再び
咲いた日は何事も
起こらず

翌日の午後　夕立が
ひとしきり降った

『童詩集　木の中の自動車』（一九九五）より

部屋

花の中にある
階段を降りて
根っこたちが働く
部屋に行けば

花の木の
ささやかな
ポンプ

ちっちゃくて
とってもちっちゃくて
こにくらしいポンプ

花の中にある
階段を上がり
種たちが眠る
部屋に行けば

種たちの
ささやかなおちゃわん
ちっちゃくて
ちっちゃくて

あぶなっかしいおちゃわん

夏は夕食を

夏は夕食を
中庭で食べる
宵の口にも
明るい月の光

中庭に
ござ
ござの上に

明るい月の光
月の光を敷いて
夕食を食べる

森では
風が眠り
村では
屋根が眠り

野原に静かな月の光
野原には
春の足跡みたいに
静かな

木の葉
村も
月の光にひたされ
おぜんも
月の光でひたされて

夏は夕食を
中庭で食べる
おちゃわんの中まで
月の光がいっぱい

ああ　月の光を食べるのだ

宵の口にも
明るい月の光

五月三十一日と六月一日の間——春から秋まで6

五月三十一日夕方
夢の国では

三月　四月　五月の
三カ月間
地球で働いてきた
春と

これから地球に降りて働く
六月　七月　八月の
夏が

集まり
話し合っている

五月三十一日夕方
夏が計画書を
検討している間
七時を過ぎ
八時　九時を過ぎ
夏が

全ての計画を終えた時
十時を過ぎ
十一時を過ぎ

夏が立ち上がったのは
十一時五十五分
夏が地球に降りた時は
十一時五十九分を過ぎ
ぴったり午前零時
まさに
六月一日

腕まくりをして

働く準備をしながら
にっこり笑い
夏は
私たちが寝ている
隙に
つかつかと降りてきて
働き始める

『鳥と木と鳥の糞そして石ころ』（二〇〇五）より

屋根と壁

暗くなると　路地の片隅で落ち葉をもてあそんでいた
風が落ち葉の下で眠りについた
いくつかの街灯が消える道をまた呼び出し
闇は街灯を取り囲み　自分を燃やして明かりを守った
月が昇ると屋根と壁と木の枝と残った葉っぱが
自分の内にあった月光を外に出した
月は少しずつ違う自分の光たちに明るく届いた
内にあった月光だから　傾いた屋根でも月光は

一滴も下に落ちなかった

月光をほじくりながら夜の鳥が一羽　世の中を九十度に傾け
再びさっと元の位置に戻して去っていった
葉っぱたちの中の数枚は壁の前に落ち
壁が内に隠している亀裂を身振りで描いて見せた
葉っぱが通り過ぎた後　壁はそれでも月光に満ちていた

道路と空

一本の道路が日の昇るほうから
日の沈むほうへ疾走しています
あるいは日の沈むほうから日の昇るほうへ
疾走しています
道路の両側では街路樹が一緒に走り
一ブロックずつ引き受けて空を持ち上げています
風はどこかに行き　人もどこかに行き
道路は今　疾走する道路でいっぱいです

足跡と深さ

昨日は白い雪がこんこんと降ってまぶしかったし
今日は相変わらず真っ白に積もっていてまぶしい
庭では一羽のシジュウカラが
自分のつけた足跡の深さを
見ている
深さを見ているシジュウカラが
深さより先に目に沁みる
ここぞとばかり先を歩いていた

一羽のシジュウカラが雪の上にある
自分の影をついばんで身体にくっつけ
ふっと飛び上がる　そして
虚空に入り自分を消してしまう
足跡一つない
虚空がまぶしい

写真と木瓜《ぼけ》の木——金源一《キムウォニル》に

右に三人　左に三人　耳順になったばかりの男を真ん中にして　家族が視線の向きを揃えている　一人の男の後ろのどこからか小川のせせらぎが聞こえる　右側の息子と娘婿と左側の娘はこの水音によく浸かる眼を持っている　夫人は笑わなくとも眼が温かい　上の外孫はちょっと緊張しながら大人たちの視線を追う　まだ人間の地面を知らない下の子は自分だけ別の惑星で眼を輝かせる　写真には二〇〇二年と記されている

庭にはよく育った木瓜の木が一本ある

花はすべて一度定めた方向を
変えることなく赤く咲いている

『頭《ず》頭《ず》』（二〇〇八）より

君と山——序詩

君の身体が開かれれば　そこに山があって　太陽が昇るだろう　渓谷の水が渓谷をいっそう深くするだろう　夜が来て星が身体を燃やし　朝を迎えるだろう

春の日と石

昨日夜空に行って星になって輝き
そっと元の所に戻ってきた石たちが
遅い朝の眠りにしっかり入っている
春の日の　どの足先にも暖かい
陽射しがくっつく朝

春と蝶

蝶が一匹急いで舞い降り
庭の石一つ抱きしめました

木と日光

山桑の葉いっぱいに
裸の日光が横たわる
その身体がとても明るく柔らかくて
鳥は思わず場所を譲る

女と掘削機

畑で働く女の
スカートの下まで掘りながら
掘削機の音がゆっくり川を越えてくる

ヨメナ

隣家の女が叫びながら道を通った
その家の犬が吠えながら追いかけた
しばらくして隣家の男がスリッパを引きずりながら走っていった
隣家の子供が後を追った　途中で道端の
ヨメナを足で蹴飛ばして倒した
そして道の上に人のいない午後が来た

仏

南山の中腹に石仏が立っている
木々はみんな仏と距離を置いて立っており
日光は距離を置かずに仏の身体にくっついている
鼻は誰かに取られたけれど鼻の代わりに光を載せ
光が載らない所には代わりに日陰を載せ
いつも笑っている
傍らには石たちがまばらに座っていて
通りすがりの鳥が一羽　仏の頭に止まる

くちばしで羽を整えながら休むと振り向いて
仏の片目に糞をして去る
鳥は去り　仏は
笑った目についた糞を乾かしている

閑寂な午後だ
燃えるような午後だ
もう失うもののない午後だ
私は木の中で眠ろう

（辞世）

한적한 오후다
불타는 오후다
더 잃을 것이 없는 오후다
나는 나무 속에서 자본다

訳者解説

呉圭原《オギュウォン》（一九四一～二〇〇七）の詩と詩論は、韓国詩壇にとって常に驚異だった。特に一九七〇年代半ばから八〇年代にかけて発表された、実際の広告コピーを作品に引用するなどの手法を用いて資本主義社会の虚構を暴いた詩はウィットに富み、都会的な印象を与える。しかし一九九〇年代に入ると禅の影響を受け、事物を〈生《なま》のイメージ〉でとらえて描くことを提唱するようになって作風が大きく変わった。八〇年代初めからはソウル芸術専門大学（現ソウル芸術大学）文芸創作科で教鞭を取り、多くの新人詩人を詩壇に送り出した。著書『現代詩作法』（一九九〇）は、詩を学ぶ若者にとって定番のテキストだ。また彼は編集者としての手腕にも優れ、会社員時代に瀟洒《しょうしゃ》な広報誌を作っただけでなく、文学と知性社が設立間もない時期に出版した李清俊《イチョンジュン》『あなたたちの天国』や趙世熙《チョセヒ》『こびとが打ち上げた小さなボール』などの小説や同社の詩集シリーズの表紙デザインを手がけたりもしている。

以下、彼の生涯と作品を年代順にたどる。

呉圭原は一九四一年二月十四日、慶尚南道《キョンサンナムド》密陽《ミリヤン》の農村で、裕福な家庭の六人きょうだいの末っ子として生まれた。本名、呉圭沃《オギュオク》。果樹園や精米所を所有する家の敷地は広く、塀に囲まれたこののどかな小宇宙の中で、圭沃はのびのびとした子供時代を送った。

だが圭沃少年の幸福は長くは続かない。一九五〇年六月二十五日に朝鮮戦争が勃発し、平和な田舎にも戦禍が及んだためだ。一家は人民軍パルチザンの収奪に遭い、更なる襲撃を避けるために一時、釜山《プサン》に避難した。避難先は海岸に近い忠武洞《チュンムドン》という所で、全国から押し寄せた避難民の掘っ立て小屋がぎっしりと建っていた。当時、駐屯していたアメリカ軍の不注意によって小学校の建物が焼けてしまい、野外で授業を受けたりもした。さらに圭沃が小学校六年生の時に母が急死したことで、少年の生活は完全に暗転する。

釜山中学に入学して以後、圭沃は親族の家などを転々として暮らした。家の経済状況が悪化し、学費が払えなくて一時停学になったりもしたが、本人は貧乏はあまり気にならず、それよりも他人の家に身を寄せていることがつらかったという。この時から読書に熱中するようになり、三年生の時に詩を書き始める。居候生活は、その後に進学した釜山師範学校を卒業するまで続いた。

師範学校時代には雑誌に投稿した詩が初めて掲載されたこともあって、

詩作にいっそう力を入れた。師範学校を卒業すると釜山の小学校に教師として赴任したが、校長などと折り合いが悪くあまり適応できなかった。学校という、保守的で閉鎖的な空間がいやだったらしい。また、当時は朴《パク》正熙《チョンヒ》が軍事クーデター（一九六一）を起こし、その後長く軍事独裁政権の基礎を築く時期だったから、小学校でも徹底した反共教育が行われていたはずだ。

私達は知らない
近所の練炭屋のおじさんの笑顔が
毎日少しずつ黒くなっているのも
練炭たちが練炭屋の方向を
山間地方に
ちょっとずつ変えていることも

彼は子供たちの顔に練炭の粉を少しずつ降り注ぐような学校教育の一端を担わなければならないことに、いら立っていたのではないだろうか。

教師になった翌年、東亜《トンア》大学の二部に入学する。一九六五年、大学四年生の時に軍隊に入り釜山の陸軍病院に勤務したが、仕事の合間に患者用図書室の本を読むことはできたらしい。この頃、『現代文学』に投稿した詩が詩人金顯承《キムヒョンスン》の目に留まり、その推薦を受けた作品が数篇ずつ一九六五年、六七年、六八年と三回にわたって同誌に掲載されたことによって、晴れて詩壇に出ることができた。圭原というペンネームを使い出したのはこの時からだ。

一九六七年には除隊し、翌年の夏に上京していくつかの出版社で働いた。この頃、最初の結婚をしている。一九六九年二月に大学を卒業すると、ようやく生活が安定し始めた。
一九七一年刊行の第一詩集『明らかな事件』に収録された初期の作品は概して観念的で、冷たく乾いている。

路地で
昨年と一昨年の死が
互いに別の表情で
出会い
その年に死んだ人の
咳払い一つが
唐突に
通行人の後頭部を殴ってゆく
（「明らかな事件」）

この年に化粧品メーカーの太平洋化学《テピョンヤン》（現アモーレパシフィック）に転職して広報誌の制作に携わった。翌年創刊した『香粧《ヒャンジャン》』は、韓国初の豪華なカラー版広報誌だ。また当時、彼が自分の略歴に「太平洋化学で定期刊行物部門を担当して飯を食っている」と記したことがあるのだが、「飯を食っている」という即物的な表現が新鮮に映り、しばらく若い文学者たちの間で流行した。

一九七三年には第二詩集『巡礼』が出た。『明らかな事件』を書いている頃、詩の言語で対象を描けると信じていたものの、自分自身と作品が乖離《かいり》していると感じていた圭原は、『巡礼』では積極的に自分を表現しているようだ。「開峰洞《ケボンドン》と薔薇」のように、現実に自分が住んでいる町の名を詩に採り入れるのも、そのための試みの一つなのだろう。「返事」「笑い」などは友人との交友を描いた温かい散文詩だ。

巨済島《コジェド》から小包で送ってくれた君の海をありがたく受け取りました（…）
君は何げなく送ってくれたけれど　僕は何げなく受け取ることはできない　それだけ重みのあるハゲコウとクジメです
（「返事」）

この時期に雑誌や新聞に詩評を書き始める。一九七六年には詩論集『現実と克己』、一九七八年に第三詩集『王子ではない子供に』が出た。この時圭原は、伝統的な抒情詩では資本主義を批判することができないと感じていた。

詩には何かすてきな話があると信じている
古い人たちが
いまだに存在する　詩には

何もない
ぶざまな
我々の生があるだけ
(「龍山《ヨンサン》にて」)

一九七九年には太平洋化学をやめ、自ら出版社を経営して詩人金春洙《キムチュンス》や李箱《イサン》の全集などを出版した。一九八一年刊行の第四詩集『この地に書かれる抒情詩』にも、「死んだ後のパンツ」のように伝統的な抒情を拒否する作品や、思想統制に対するいら立ちを表わした作品が収められている。

泥棒が私の頭の中を探る音
頭の中をひっかき回し
泥棒という言葉を消し去る音

代わりに
他の言葉を押し込む音が
聞こえる　すっかり聞こえる
（「私の頭の中まで入ってきた泥棒」）

同じ年にはエッセイ集『韓国マンガの現実』、『ボールペンを足の指に挟んで』も刊行されている。マンガに興味を持ちだしたのは評論家キム・ヒョンの影響だが、呉圭原のマンガ評論を契機に、総合雑誌や大学新聞では韓国のマンガに関する記事が増えたという。

一九八二年からソウル芸術専門大学に出講するようになった。この頃、文学者の海外研修でヨーロッパなどに出かけたが、その際の見聞を通して圭原は、これまでの生活は、生活というより食べていくための戦いだったと反省して一九八三年に出版社を他人に譲り、小説家崔仁勲《チェイヌン》の強力な後押しを得て同大学の文芸創作科専任となる。圭原が詩作を指導するクラスでは、学生が提出した作品はほとんどが削られてしまい、数行しか残らなくなると言われた。現在の詩壇で活躍しているファン・インスク、チョ・ヨンミ、チャン・ソンナム、イ・ウォンといった詩人はそうした指導を受けた、彼の「狂った弟子」（「フランツ・カフカ」）たちだ。

一九八五年に二度目の結婚をした。一九八七年刊行の第五詩集『時には注目される生でありたい』には朴泰遠《パクテウォン》の短篇小説のタイトルをもじった連作「詩人久甫《クボ》氏の一日」や、現実の広告コピーを作品に採り込んだ〈広告詩〉が収められ、虚構の幸福を追求するよう人々を飼い馴らす資本主義社会に対する風刺が、詩壇の注目を浴びた。こうした作品が共感を呼ぶのは、詩人が自らをも飼い馴らされた小市民の一人として批判の対象にしているからだ。

肉体よ　今日の僕は
楽しいね
精神の風刺となる
肉体よ　今日の僕は
芸術と社会を講義し
講義料をもらって
封筒をズボンのポケットの
中で握り
南大門《ナムデムン》市場をぶらつきながら
輸入商店街で赤い
外国製のパンツも買う

（「南大門市場にて」）

この詩集でも、言論の自由を奪われた詩人の怒りやいら立ちが、ユーモアとアイロニーの陰に潜んでいることを見逃してはならない。韓国民主化運動のリーダー的存在であった一九三五年生まれの詩人申庚林《シンギョンニム》は、谷川俊太郎との対談において、「検閲の眼を欺くために（…）詩の技法が複雑化するということはありましたか？」という質問に対し、「ありました。検閲を通過させるために比喩や象徴的な言葉を使うなど、いろんな技法を考えていましたから、検閲が詩のレベルを上げたと言えるかもしれません」と答えている（『谷川俊太郎、申庚林『酔うために飲むのではないからマッコリはゆっくり味わう』クオン、二〇一五）が、圭原の「MIMI　HOUSE」でも、リカちゃん人形に似た着せ替え人形ミミやリカちゃんハウスに似たミミハウスというおもちゃを描写するように見せかけて、人形のように従順であることを強いられる全斗煥《チョンドゥファン》独裁政権下の市民の恐怖を描いている。

ミミはミミの家に住んでいると
皆が言います　いつも笑っていると
言います　あなたが殴っても
服を脱がせても水を飲ませても
ミミは笑うと言われています
首さえそのままにしておけば
（「ＭＩＭＩ　ＨＯＵＳＥ――人形の家」）

九〇年代に入ってからは日本、シンガポール、タイ、香港、フィリピン、中国など主にアジアを旅行した。

一九九一年に出た第六詩集『愛の監獄』では、俗悪な現実を意識的に詩に導入しているようだ。「ワンピース」「愛の監獄」「陀羅尼経《だらに》」では市場の雑踏が描写され、「ゼラニウム、一九八八、神話」には、韓国人なら誰でも知っていたと思われる広告コピーがちりばめられている。

上半身がゆらりと行く　車が喘ぎながら
行く　貧血性の午後が清らかに敷かれ
女が行く　その間をかき分けながら　ワンピースを着て
時代遅れの比喩のように

（「ワンピース」）

同じ年に慢性閉塞性肺疾患との診断を受けて以後、圭原はきれいな空気を求めて江原道《カンウォンド》の田舎に移住し、風景を写真に撮ったりエッセイを書いたりした。この時期には趙州など禅僧の思想、金春洙の詩やボルヘスの詩と小説、セザンヌや韓国の画家チャン・ウクチンの絵などに親しみつつ、作品の傾向を大きく変化させている。概念化したり思弁化したりする以前の〈生のイメージ〉で事物をとらえることを目指し、簡潔な言葉で事物をスケッチしたような詩を書くようになったのだ。直接的な関連があるのかどうかはわからないが、その主張は日本の俳句の精神や、二十世紀初めにエズラ・パウンドなど英語圏の詩人が主張したイマジスムの詩論を彷彿とさせる。一種の東洋回帰と言えるだろうか。九十年代に入ってからのこうした変化は、病気や転地療養によるものと解釈されるが、この時期は、韓国は独裁政治が終わり民主化が成し遂げられた、時代の大きな転換点でもあった。重苦しい空気から解放されたことも、詩作品の変化に何らかの影響を及ぼしているかもしれない。

一九九二年にはドイツで開催された韓国文学セミナーに参加し、自作詩を朗読して好評を博した。また同じ年に東京で開催された第一回日韓文学シンポジウムでは「韓国的特殊性と文学的対応——後期産業社会における文学の位相」という、きわめて堅苦しい内容の講演をして、日本の文学者たちを辟易《へきえき》させた。

一九九五年刊行の第七詩集『道、路地、ホテル、そして川の音』には、〈生のイメージ〉で事物をとらえた作品が収められている。

階段にはたいてい靴が一足
捨てられている　横に伸びた
階段の道がときどき仕出かす
拉致の痕跡だ　その道は
常に左右が途切れている
（「家と道」）

同じ年に刊行された童詩集『木の中の自動車』は、若い頃に書いた子供向けの詩に手を入れたものだ。

一九九六年には京畿道楊平郡《ヤンピョングン》を新たな療養地に定めて転居した。〈生のイメージ〉という自身の詩論は、第八詩集『トマトは赤い　いや甘い』（一九九九）、第九詩集『鳥と木と鳥の糞そして石ころ』（二〇〇五）にも生かされている。二〇〇五年には詩論集『生《なま》のイメージと詩』が刊行された。二〇〇七年二月二日、呉圭原は持病の悪化により、ソウルのセブランス病院において、満六十四歳で世を去った。

死の翌年、遺稿詩集『頭頭《ずず》』が刊行された。タイトルは『碧巌録』の「頭頭是道（事物の一つ一つが道である）」という言葉から採られたらしい。ここには自然や季節の変化などをとらえた短い作品が多数収められている。たとえば「春と蝶」は、「蝶が一匹急いで舞い降り／庭の石一つ抱きしめました」というたった二行から成る詩で、まるで俳句のようだ。

二〇一七年には没後十年を記念して詩集『明らかな事件』が文学と知性社から復刊され、フォトエッセイ集『武陵《ムルン》の夕暮れ』が刊行された。また、詩人四十八名による追悼詩集『露店の空いた椅子を詩と言ったらいけないだろうか』の出版、詩の朗読会などの記念行事が行われた。さらに、呉圭原の詩碑がソウル市九老区《クログ》開峰洞の小さな公園に建立され、公園の名も「開峰洞と薔薇公園」と改められた。

　二一三頁に掲げた「閑寂な午後だ／燃えるような午後だ／もう失うもののない午後だ／私は木の中で眠ろう」という辞世の詩は詩人が臨終の床で、見舞いに来ていたイ・ウォンの掌に指で記したものだ。遺体はその言葉どおり樹木葬にされたが、それは当時まだかなり珍しい埋葬方法だった。死んでからも周囲を驚かせてやろうという、茶目っ気だったのかもしれない。呉圭原は、最後までスタイリッシュな詩人だった。

呉圭原年譜

一九四二
二月十四日（陰暦一九四一年十二月二十九日）、慶尚南道密陽郡三浪津邑龍田里《キョンサンナムドミリャングンサムナンジンウプヨンジョンリ》で六人きょうだいの末っ子として生まれる（戸籍上は一九四四年生まれ）。本名、呉圭沃《オギュオク》。小学校を卒業するまでこの地で暮らす。

一九五〇
六月二十五日に朝鮮戦争が勃発し、一家は一時、釜山《プサン》に避難する。六年生の時、母が病死。父はその後、二度再婚する。釜山中学に入ってからは親族の家などに居候して暮らす。この頃、詩を書き始める。

一九六一
釜山師範学校を卒業し、釜山の小学校に教師として赴任。

一九六二
釜山の東亜《トンア》大学法学部（二部）に入学。

一九六五　五月　大学四年で軍隊に入る。
　　　　七月　『現代文学』に詩「冬の旅人」などが掲載される。六七年、六八年にも同誌に作品が掲載され、詩人として認められる。
一九六七　除隊。
一九六八　夏、上京。李玉義《イオギ》と結婚。
一九六九　東亜大学卒業。翰林《ハルリム》出版社編集部に勤務。

一九七一　第一詩集『明らかな事件』刊行。京畿道《キョンギド》始興郡《シフングン》西面《ソミョン》光明里《クアンミョンニ》に転居。太《テ》平洋《ピョンヤン》化学広報室に勤務し、広報誌制作に携わる。父親死亡。
一九七三　第二詩集『巡礼』刊行。雑誌や新聞に詩評を書き始める。この頃までにソウルの開峰洞《ケボンドン》に転居している。時期は不明だが、その後またソウルの楊坪洞《ヤンピョンドン》に転居する。
一九七六　詩論集『現実と克己』刊行。

一九七八　第三詩集『王子ではない子供に』刊行。

一九七九　太平洋化学退職。自ら出版社「文章社《ムンジャンサ》」を経営し、詩集など五十数点を出版。

一九八一　第四詩集『この地に書かれる抒情詩』、エッセイ集『韓国マンガの現実』『ボールペンを足の指に挟んで』刊行。この時までにソウル江西区《カンソグ》登村《トゥンチョン》洞《ドン》に転居。

一九八二　ソウル芸術専門大学（現ソウル芸術大学）文芸創作科に出講。『この地に書かれる抒情詩』で現代文学賞受賞。この頃から海外旅行をするようになる。

一九八三　出版社を他人に譲渡し、ソウル芸術専門大学文芸創作科専任になる。詩論集『言語と生活』刊行。ソウルの新大方洞《シンデバンドン》に転居。

一九八四　『専門大学文芸創作科教育課程研究』刊行。

一九八五　詩選集『希望をつくりながら生きる』刊行。金玉英《キムオギョン》と再婚。この頃、ソウルの新吉洞《シンギルドン》に転居。

一九八七　第五詩集『時には注目される生でありたい』、詩や詩論などの選集『道の外の世界』刊行。

一九八九　燕巖《ヨナム》文学賞受賞。受賞作品集『空の下の世界』刊行。

一九九〇　『現代詩作法』刊行。九〇年代に入ってからは日本、シンガポール、タイ、香港、フィリピン、中国など主にアジアを旅行する。茨木のり子訳編『韓国現代詩選』（花神社）に「フランツ・カフカ」「突然間違って生きているという思いが」「わが頭のなかにまで忍び込んできた泥棒」「童話のことば」の四篇が収録される。

一九九一　第六詩集『愛の監獄』刊行。慢性閉塞性肺疾患と診断される。この頃、江原道《カンウォンド》麟蹄郡《インジェグン》に転居か。

一九九二　東京で開催された第一回日韓文学シンポジウムに参加し、「韓国的特殊性と文学的対応——後期産業社会における文学の位相」というタイトルで講演する。また、同年、ドイツで開催された韓国文学セミナーにも参加。

一九九三　江原道寧越郡《ヨンウォルグン》武陵《ムルン》に居住。

『本と人生』誌に一九九四年二月号から一九九五年九月号までフォトエッセイを連載。

一九九五　童詩集『木の中の自動車』刊行。また、同年刊行された第七詩集『道、路地、ホテル、そして川の音』で怡山《イサン》文学賞受賞。

一九九六　エッセイ集『胸の赤いジョウビタキ』刊行。京畿道楊平郡《ヤンピョングン》西宗面《ソジョンミョン》西厚《ソフ》里《リ》に転居。

一九九七　『巡礼』復刊。

一九九八　詩選集『葉っぱ一枚の女』刊行。ソウルの大方洞《テバンドン》から京畿道の一山《イルサン》に転居。

一九九九　第八詩集『トマトは赤い　いや甘い』刊行。

二〇〇二　文学と知性社から『呉圭原詩全集』（全二巻）刊行。

二〇〇五　第九詩集『鳥と木と鳥の糞そして石ころ』、詩論集『生《なま》のイメージと詩』刊行。

二〇〇七　二月二日病没。享年六十六（満六十四）。遺体は樹木葬にされる。

二〇〇八　遺稿詩集『頭頭《ずず》』刊行。

二〇一七　没後十年を記念して詩集『明らかな事件』が文学と知性社から復刊される。フォトエッセイ『武陵の夕暮れ』刊行。詩人四十八名による追悼詩集『露店の空いた椅子を詩と言ったらいけないだろうか』が五百部限定で出版される。ソウル開峰洞の「開峰洞と薔薇公園」に詩碑が建立される。

呉圭原（오규원）

オ・ギュウォン●一九四二年二月十四日（陰暦一九四一年十二月二十九日）、慶尚南《キョンサンナム》道《ド》密陽郡《ミリャングン》三浪津邑《サムナンジンウプ》龍田《ヨンジョン》里《リ》に六人きょうだいの末っ子として生まれる（戸籍上は一九四四年生まれ）。本名、呉圭沃《オギュオク》。東亜大学法学部卒業。一九六八年『現代文学』に発表した作品で詩人として認められて以来、小学校教師、会社員、出版社経営などに携わりながら詩作を続け、一九八三年からはソウル芸術大学文芸創作科教授として後進を指導した。現代文学賞、燕巌《ヨナム》文学賞、怡山《イサン》文学賞、大韓民国文化芸術賞などを受賞。一九七一年の『明らかな事件』から遺作詩集『頭頭《ずず》』に至る十冊以上の詩集のほか、エッセイ集や詩論集、『呉圭原詩全集』（全二巻、文学と知性社）が刊行されている。二〇〇七年二月二日没。

吉川凪

よしかわ なぎ●大阪生まれ。仁荷大学国文科大学院に留学して韓国近代文学を専攻。文学博士。著書に『朝鮮最初のモダニスト鄭芝溶《チョンジヨン》』、『京城のダダ、東京のダダ——高漢容《コハニョン》と仲間たち』、訳書としてカン・ヨンスク『リナ』、『申庚林《シンギョンニム》詩選集 ラクダに乗って』、パク・ソンウォン『都市は何によってできているのか』、チョン・セラン『アンダー・サンダー・テンダー』、谷川俊太郎・申庚林『酔うために飲むのではないから マッコリはゆっくりと味わう』、朴景利《パクキョンニ》『完全版 土地』、チョン・ソヨン『となりのヨンヒさん』、などがある。金英夏《キムヨンハ》『殺人者の記憶法』で第四回日本翻訳大賞受賞。

CUON韓国文学の名作 002

私《わたし》の頭《あたま》の中《なか》まで入ってきた泥棒《どろぼう》

第一刷発行　2020年3月31日

著者　呉圭原（オ・ギュウォン）

訳者　吉川凪（よしかわ　なぎ）

ブックデザイン　大倉真一郎

印刷所　大日本印刷株式会社

発行者　金承福　永田金司

発行所　株式会社クオン

〒 101-0051

東京都千代田区神田神保町 1-7-3 三光堂ビル3階

電話　03-5244-5426

FAX　03-5244-5428

URL　http://cuon.jp/

万一、落丁乱丁のある場合はお取替え致します。小社までご連絡ください。

ISBN 978-4-904855-99-7 C0097

「CUON韓国文学の名作」はその時代の社会の姿や

人間の根源的な欲望、絶望、希望を描いたた

20世紀の名作を紹介するシリーズです
